KB140512

망치를
이해하는 방식

염창권 동시집

망치를 이해하는 방식 염창권 동시집

지은이 **염창권**

초판발행 2023년 12월 15일 **초판 3쇄 발행** 2024년 10월 11일 **그림** 박영수 **표지디자인**
최혜원 **펴낸곳** 아동출판 상상아 **펴낸이** 진혜진 **편집** 세종PNP **책임교정** 종이시계
마케팅 전은빈 최유림 노혜림 정현수 **등록번호** 848-90-01737 **등록일자** 2021년 12월 1일
주소 06621 서울시 서초구 서초대로74길 29, 904호 **전화번호** 02-747-1367, 010-
7371-1871 **팩스** 02-747-1877 **전자우편** sangsanga21@daum.net

ISBN 979-11-93093-31-3 (03810)

값 13,000원

망치를
이해하는 방식

머리말

　오래전에 나는 어린이들과 어울리며 살았습니다. 짧은 점심시간 동안에 공을 차면서 운동장의 먼지 속을 뛰어다녔습니다. 스물 둘, 다섯, 여덟 살 때의, 큰길에서 버스를 내려 십 리쯤 걸어 들어가는 학교 운동장입니다.

　그때는 초등학생을 가르치는 일에 열중한다고 하였는데, 지금 생각해 보니 실수투성이입니다. 그중에 가장 많은 시간을 보냈던 일은 글쓰기와 그림그리기 지도였습니다. 학원이 없는 시골 학교의 오후 교실에서 어린이들은 원고지를 메우거나 규격에 맞춰 재단된 켄트지 위에 물감을 칠했습니다. 그때의 어린이들이 성장하여 지금의 엄마, 아빠 나이가 되었습니다.

　그리고 한참 뒤에는, 대학에서 예비 선생님들을 가르치는 일을 했습니다. 자연스레 어린이들의 세계와 멀어지다 보니, 동시보다는 시와 시조를 위주로 써왔습니다. 그러다가, 이번에는 동시를 다시 쓰기로 다짐하여 첫 번째 동시집 『망치를 이해하는 방식』을 출간하게 된 것입니다.

시의 내용 속에 "니체 선생님"이 등장합니다. 철학자 '니체'가 아니라, 이야기 속 인물로서의 '니체 선생님'입니다. 그의 말에 따르면, 어린이에게 허락된 성장의 동력은 '놀이'입니다. 놀이는 그냥 흘려보내는 시간이 아니라, '세계 속의 나'로 성장해 가는 시간이자 과정입니다. 친구와 어울려 놀면서 작은 사회를 이루고 그곳에서 자기의 중심을 잡는 연습을 합니다. 그러니 놀이를 금지하고, 조금이라도 다투거나 실수라도 생기면 가차 없이 공격하는 엄마, 아빠 밑에서 자녀는 건강하게 자랄 수가 없습니다.

　　또한, 어린이는 공부하는 기계가 아닌 이상, 피곤하면 자야 하고, 놀이에 열중하다 보면 사소한 말다툼이 생기게 마련이고, 재미있는 그림책이나 만화책도 보아야 합니다. 오래전 내가 젊은 교사였을 때의 학교 분위기는 이러한 마음을 가질 수 없게 하였습니다. 매달 시험을 치르고 성적이 떨어지기라도 하면 벌을 주었습니다. 그래서 지금의 엄마, 아빠들 마음이 너무나 강해졌나 봅니다. 그때의 일을 반성하는 마음으로, 이 동시집을 펴냅니다.

2023년 겨울 엄창권

차례

1부

망치라는 애   18

여름 감기   20

망치를 이해하는 방식   22

망치가 놀란 일   24

쓸쓸한 날의 망치   26

떳떳한 잠   28

비 오는 날의 망치   30

망치가 심판을 보는 꿈   32

망치가 싫어하는 것을, 우리는   34

전해 내려오는 이야기   36

2부

베란다의 꽃　　　　　　　　　　　　40

허수아비　　　　　　　　　　　　　42

봄의 발자국　　　　　　　　　　　44

봄의 얼굴　　　　　　　　　　　　46

엄마 손　　　　　　　　　　　　　48

않겠니?　　　　　　　　　　　　　50

추석날　　　　　　　　　　　　　　52

친구가 온 날　　　　　　　　　　54

의현이가 아빠에게 보내는 편지　　56

나에게 오는 느낌　　　　　　　　58

3부

니체 선생님을 만나다   66

반으로 도막 난 분필   68

머릿속에 낙타와 사자가 산다고?   70

말 맞추기 놀이 : 루시와 벨라   74

말 맞추기 놀이 : 식당에서 벌어진 일   76

말 맞추기 놀이 : 꿈의 좌절   78

화요일의 니체 선생님   82

목요일의 니체 선생님   84

흔들리는 나   86

유에프오(UFO)의 원형 정류장   90

4부

빨래집게 94

주인공 96

책에 안 나오는 것들 98

같이 놀자 100

네 눈을 감아봐 102

창유리에 비친 아이 104

배꼽을 보았다 106

도마뱀이 나타났다고? 108

빨간 신호등 110

줄무늬비단뱀 112

글자들의 학교

글자들의 입학식 116

글자들의 일기장 118

해설 이상하고 신기한 니체 선생님의 시 수업 122
_ 김제곤(아동문학평론가)

1부

망치를 이해하는 방식

'이야기 동시'는 현실에서 취재한 것을 밑그림으로 하여, 어린 이의 자유로운 상상력에 따라 새롭게 구성된 상상 세계의 이야기를 시의 형식으로 쓴 글입니다.

망치라는 애

오다가다 만난 사이랄까,

우리가 한집에서 살게 된
꽤 슬픈 사연은 비밀이다,
사생활이니까 지켜줘야 한다.

이 애의
입 둘레에서 코까지가 잘록한 원통형인데
만져보면,
말랑말랑하고 보송보송하고 촉촉하기도 하고

탄력적이어서 어딘가에 부딪혀도
상처를 입은 적이 없다.

소파 밑에서 잠을 자다가
귀를 쫑긋하면

뿔 달린 고무망치가
나에게 신호를 보내는 것 같다.

텔레파시가 통하는지
내 심장이 벌써 쿵 쿵, 놀 준비를 한다.

여름 감기

에어컨 밑에서 공부하다 보니,
목이 칼칼했다.
어린이도서관은 에어컨이 빵빵하다.

'어린이는 미래의 희망'이니까
책들이 마중 나와,
지난번에 개를 데리고 온 애야, 하고 웃음을 참는다.

망치가 내 곁에서 놀다가
나 다음으로, 감기에 걸렸다.

"캬르릇 킥~, 캬르릇, 킥~"
소파 뒤쪽에서 이상한 소리가 나길래
동물병원에 데리고 갔다.

'여름 감기는 개도 안 걸린다.'는
이 속담은 정답이 아니다.

사람이나 동물이나 똑같다.
마스크를 씌우니 흰 망치가 됐다.

망치를 이해하는 방식

밥은 천천히 꼭꼭 씹어 먹어야 한다.

그런데
이 애는, 전혀 안 통한다.

"헐헐~ 푸다닥 풍! 푸다닥 풍! 떡 클~, 떡 클~"
이게 전부다.

핥아먹는데 길어야 1분이다.
하루 합쳐도 3분을 못 넘긴다.

이걸 보고도, 엄마는
아무 말도 안 하신다.

야생에서는
사냥감을 빼앗길 수도 있으니깐.

곁눈으로 견제구를 날리던
잡종견 망치는, 금세 다 먹고
혀를 내밀어 코를 닦더니 소파 밑으로 들어간다.

띵동!
일주일에 한 번뿐인 배달 시간,

치킨을 보는 순간
나에게도 곁눈이 생긴다.
누가 몇 개 먹는지 다 세어진다.

이럴 땐,
저기, 드러누워 날 관찰하는
망치를 조금은 이해할 것 같다.

망치가 놀란 일

얼마 전 일이다.
나쁜 뜻은 아니었는데, 애가 놀랐다.

욕조에 따뜻한 물을 받아놓고
우리는 그 앞에서
망치를 불러서 노는 척했다.
욕조 가까이 다가왔을 때
우리는 목을 껴안고 힘껏 밀어 넣었다.
얼마나 깜짝 놀랐는지
소리를 지르고 난리가 아니다.

부드러운 거품을 만들어, 가려운 몸
곳곳을 문질러 주어도 긴장을 늦추지 않는다.

모두 씻기고 몸을 말리니
말쑥한 새 망치가 되었다.

"자, 이제 가서 마음껏 놀아!"
이렇게 말해도 이전과는 다른 표정이다.

며칠 동안 거리를 두고 지낸다.
좋은 마음을 가져도
어떤 일에는 먼저 동의가 있어야 한다.

쓸쓸한 날의 망치

우리 반 친구가
내 앞을 지나쳐 갔다.
레이스 달린 원피스를 입고 있다.

친구가 비숑*의 목줄을 당기니
레이스 달린 조끼가 뒤로 밀린다.

나는 따라가려다 말고 멈췄다.
'너네 개, 견종이 뭐니? 족보는 있니?'
열 번도 스무 번도 넘게 묻겠지,
그러면 난 완전 질린다.
망치에게도 미안해진다.

가만히 있으니
나무 곁에 서 있는 나처럼 망치도 앉아 기다린다.

이 애에게는 뭔가 다른 정신세계가 있다.
조끼를 안 입어도 떳떳하다.

돌아오는 길에, 나 혼자서
어쩐지 쓸쓸한 느낌이 들었다.

* 비숑 프리제 : 희고 부드러운 털을 가진 개.

떳떳한 잠

이 애는,
오후에 산책하고 돌아오면
벌러덩 드러누워 잔다.

꿈에서 바퀴벌레 놀이*를 하나 보다.

팥알 크기의 젖꼭지 몇 개가
배에 단단히 붙어 있다.

민망하지만 참아줘야 한다.

나도 그렇다.

심부름이나 시험을 보고 나서
칭찬받을 땐, 용기가 생긴다.

나를 대하는 눈빛이 뭔가는 달라져 있다.

'그래, 열심히 노력한 어린이에게는
   상을 주어야지!'
이런 마음을 가졌다면 모범 어른이다.

* 바퀴벌레 놀이 : 뒤집힌 바퀴벌레처럼 팔과 다리를 위로 올리고 꼼지락거리며 노는 놀이

비 오는 날의 망치

망치가 샤워에 민감한 것은
모두가 알고 있는 사실이다.

비 오는 날에는 산책하는 것도
다녀와서 씻기는 것도 귀찮다.

그런데 망치는 다른 행동을 한다.
빗방울이 맺힌 유리문에
앞발을 올리고 낑낑거린다.
유리문에 발을 올렸다가 열 번도 넘게 미끄러진다.
한 번은
우산을 쓰고 나갔다가 비를 쫄딱 맞았다.
무릎 쪽으로 빗물이 들이치니
짧은 털이 피부에 들러붙어 '비 맞은 쥐' 꼴이 되었다.
물론 망치가 쥐를 잡았다거나,
그런 모험을 좋아할 만한 성격은 아니다.

비숑이 멋진 비옷을 입고 지나간 뒤에,
엄마를 졸라 노란색 비옷을 주문했다.

비옷을 입히니
우주복을 입은 망치가 되었다.
바짓단이 길어 한 번 접어 올린다.

자, 이제 빗속을 걸어보자!

망치가 심판을 보는 꿈

낮잠을 자다,
꿈속에서 망치를 만났다.

근데 이 애는 날 못 알아보는 눈치다.
분명 여긴 차원이 다른 세계다.

고글 안경을 폼나게 쓴 망치는
선수로서 명성을 쌓아온 감독관이다.

근력이 퇴화된 인간들의 멀리뛰기 경기에서
신기록이라 해 봐야
개들의 경기에서는 예선 탈락 수준이다.

중력저항 장치*를 몰래 부착했는지
검사하러 망치가 다가왔다.
나는 아는 척하려다, 잠에서 깨고 말았다.

망치가 내 곁에서 자고 있다.
벌러덩 드러누워,
개들의 세계에서 무슨 일을 하고 있을까?

* 중력저항 장치 : 중력의 작용을 ⅙로 줄여주는 상상의 기계.

망치가 싫어하는 것을, 우리는

인터넷에서
개가 싫어하는 5가지를 찾아보니
냄새, 소리, 먹이, 사람의 행동에서부터
주파수까지 다 나와 있다.

그런데,
어린이가 싫어하는 5가지를 찾으면 답이 없다,
어린이는 미래의 희망인데
그 기준이 없으니
개에게 비교해서 찾아야 한다.

우리 어린이는 어떤
냄새, 소리, 음식, 어른, 주파수를 싫어할까?
왜, 답이 없지?
교육부 장관부터…, 엄마 아빠까지…

아무도 답을 못 찾는 건,
싫은 걸, 싫다고 말하지 않는 것이 정답이라는
매우 어려운 수학식을
어른들이 만들어 놓았기 때문이야.

망치야, 이리 와 봐,
넌, 이 레고를 좋아하니 싫어하니?

발로 툭 차고 가는 건,
싫다는 거지?
그래, 야생에서는 쓸모가 없으니까
싫으면 싫어해도 돼!

전해 내려오는 이야기

이웃들에게
너는 개로 태어나라고
악담을 퍼붓고 다니는 아저씨가 있었다.
동네 사람들이 수군거리는 별명은 '개질'이었다.
상점을 찾아다니며 행패를 부렸다.
이제 별명은 '날마다 개질'이다.
유리문을 발로 찬 뒤에는
'날마다 개질보다 더한'이 되었다.

그 골목에 떠돌이 강아지가 있었다.
비쩍 마른 강아지의 눈에는 눈물이 가득했다.
큰 개에게 공격을 받았는지
허벅지에 상처까지 있었다.

착한 아이가
몸이 마르고 다리가 비교적 짧고
두 눈이 똥그랗고 입과 코가 거무스레한 데다
털이 듬성한 허벅지에 상처가 난
이 애를 돌봐주면서

'날마다 개질보다 더한'은
'날마다 개질보다 더했으나 사라진'이 되었다.

나는 이 이야기를
처음부터 끝까지 한 글자도 빠뜨리지 않고
망치의 발톱을 깎으면서 들려주었다.

이야기가 끝났을 때쯤 망치는 자고 있다.
잠이 많은 것이 흠이다.

2부

봄의 발자국

베란다의 꽃

벌 나비 친구가 보고 싶다,
봄이니까!

푸른 목을 길게 빼고 내다본다,
봄이니까!

문제를 풀다가 꽃을 바라본다,
봄이니까!

허수아비

입 벌리고 서 있다, 처음부터 끝까지.
바람이 접어버린 한쪽 팔도 펴지 못한다.
나에게 허수아비처럼
있으라면 참 싫다.

나는 나다, 생각이 있다, 해야 할 일 내가 정한다.
내가 하고 싶으면 어려운 일 꼭 해낸다.
좋은 일 해서는 안 될 일, 내 스스로 판단한다.

봄의 발자국

문 밖에서 허깨비춤을 추던 바람이

봉지에서 쏟아낸 봄의 발자국,

아지랑이!

나무는 그걸 주워서 잎 틔우는 중이다.

봄의 얼굴

꽃잎이 떨어진 곳
반창고 붙이려는지,

새잎이 보드랍게 얼굴을 내민다.

내 얼굴 가만히 대본다.
따뜻하고 환하다.

엄마 손

정전된 날 깜깜해서 양초를 찾고 있는데

구석에서 손 하나가 불쑥 솟아올랐다.

아이쿠, 간 떨어지겠네

엄마 손을 찾았네.

않겠니?

다투고 돌아서면 속상하지 않겠니?
돌멩이를 발로 차면 아프지 않겠니?
화내고 돌아선 뒤엔 부끄럽지 않겠니?

둘이 붙어 놀다 보면 다툴 일도 있지 않겠니?
돌멩이도 머릴 내밀고 보고 싶지 않겠니?
가만히 손을 내밀어 화해하지 않겠니?

추석날

할머니와 할아버지는 한 무덤에 누워 계신다.
성묘하는 가족들의 어깨 위에 내리는 비
축축한 풀잎 위에서
둥그렇게 절한다.

산길에서 아얏-! 미끄러지고 말았다.
업어 줄게 이리 오렴, 아빠의 등이 넓다.
우산을 하나만 써도
비를 맞지 않았다.

친구가 온 날

함박눈이 내리는 날 친구가 찾아왔다.

나무에 앉은 흰 눈처럼 내 마음이 밝아져서

가만히 내리는 눈송이를 손바닥에 받아 본다.

의현이가 아빠에게 보내는 편지

일터에서 돌아오면 내 꼴 보고 화냈는데
아빠 없는 동안에 나도 잘하고 키가 컸다.

그동안 많이 컸어요, 아빠

그니까 빨리 오세요.

나에게 오는 느낌

악수할 때 네 손을 잡으면 따뜻하다.
서양에선 서로 볼을 부비며 인사한다.
심장이 쿵쿵대면서, 뜨거울 땐 어떡하지?

기쁘거나 슬프거나, 어떤 일이 전달될 땐
밝았거나 어두웠던 그 느낌이 먼저 와 있다.
너에게 손만 흔들어도
마음이 물렁해진다.

동시조의 형식에 대해 알아보아요.

시조는
일정한 글자 수와 3장(초·중·종장)의 틀에 맞추어 쓴,
우리나라 시의 형식이에요.
시조의 형식에 맞추어 쓴 동시를 동시조라고 말해요.
시조의 형식에 대해 알아보아요.

시조의 형식

초장 : 2~5글자 ﹀ _____ // _____ ﹀ _____ //

중장 : _____ ﹀ _____ // _____ ﹀ _____ //

종장 : □□□ ﹀ 5~7글자 // _____ ﹀ _____ //

시조의 형식에 맞추어 보기

친구가 온 날

초장 : <u>함박눈이</u> ∨ <u>내리는 날</u> // <u>친구가</u> ∨ <u>찾아왔다.</u> //

중장 : <u>나무에 앉은</u> ∨ <u>흰 눈처럼</u> // <u>내 마음이</u> ∨ <u>밝아져서</u> //

종장 : 가☐☐ ∨ <u>내리는 눈송이를</u> // <u>손바닥에</u> ∨ <u>받아 본다.</u> //
　　　세 글자　　　다섯 글자 이상

3부

니체 선생님,
원형 탈모가 생기다

해설이 있는 '이야기 동시'는 현실에서 취재한 것을 밑그림으로
하여, 어린이의 자유로운 상상력에 따라 새롭고 평화롭게 구성
된 상상 세계의 이야기입니다.
해설과 함께 차례대로 읽어 보세요.

1

　교감 선생님께서 방과 후 글쓰기 선생님을 모시
고 왔다. '니체 선생님'의 자기소개에 따르면, 어
려서부터 작가의 꿈을 키우며 살았다. 글쓰기 대
회에서 상을 여러 차례 받으면서 자랑거리가 되었
고, 지금까지 책을 여러 권 내었다.

　여기까지는 예전의 다른 선생님들과 비슷하다.

니체 선생님을 만나다

반으로 도막 난 분필

머릿속에 닉타와 사자가 산다고?

니체 선생님을 만나다

이런 경우는 처음 겪는 일이다.
방과 후 교실, 우리 어린이 다섯 명은
조금, 아니⋯ 약간, 그리고 더 실망했다.

입술이 두껍고 머리숱이 듬성하고,
게다가 마흔이 넘은 남자 선생님

불룩한 배를 닮은 목소리를 따라
천천히 천천히 비탈길을 굴러
졸음의 미끄럼틀을 타고 가다 보면,
가끔은 덜컹거리기도 하지만
불쑥 솟구쳤다가 까마득한 벼랑 아래의
푹신한 이불속에 쏙 들어가 있다.
"냠~ 냠~",
내 옆 친구는 "요미~ 요미~"

그렇게 여러 구비구비를 돌고 돌아서,
갑자기 햇살 비추는
터널 밖으로 툭 뛰쳐나오니
"잘 잤어요?"
니체 선생님의 둥근 턱살이 눈앞에 있다.

그렇게 40분이 끝났다.

반으로 도막 난 분필

시 쓰기 연속차시 수업이다.

칠판 위에서 뛰어놀던 분필이
"툭-" 꺾이더니
그 반쪽이 바닥에 "탁-" 소리를 내며 부딪쳤다.

우리는
'툭-탁-' 소리를 머릿속에 집어넣고
장난을 칠 궁리를 했다.

　　"분필이 떨어지는 시간과 거리를
　　뉴턴이라면 벌써 계산해 냈을 거다,"

눈치가 다람쥐보다 빠른,
니체 선생님이 수학 이야기를 꺼냈다.

우리는 얼굴이 빨개지면서
"싫어요!" 하고 대꾸했다.

'툭-탁-' 소리는 점차로 물그림자처럼 엷어지더니

무거워진 눈꺼풀 밑의 우주에서 - 시계의 초침 소리, 딱지가 넘어가는 소리, 수저 부딪는 소리, 현관문을 딸칵 열면 풍선처럼 부풀어 오른 눈꺼풀 텐트 밑으로 쏙 들어가,

"냠~ 냠~"

내 옆 친구는 "요미~ 요미~"

그렇게 '툭-탁-' 소리는 꿈속에서 - 물수제비를 띄우고, 민들레 하얀 꽃씨를 날리고, 병아리 모이를 주고, 깨진 사금파리 빛을 모았는데, 학교 갈 생각이 갑자기 떠올라 열린 현관문을 딸칵 잠그니,

"펑~" 소리와 함께 교실 문이 닫히며,

"잘 잤어요?"

니체 선생님의 붉은 얼굴이 풍선처럼 떠서 있다.

그렇게 40분이 지나갔다.

* 연속차시 수업 : 하나의 주제로 1차시 40분 수업을 두 번 이상 연속하는 경우.

머릿속에 낙타와 사자가 산다고?

괜찮아요, 걱정 말아요.
여러분의 머릿속에는 시가 있으니
그냥 꺼내기만 하면 돼요.

우리는 '툭-탁-'의 무거운 눈꺼풀 덮개에
우산을 지지대로 받쳐 두었어요.
눈을 뜨고 있어야 시를 꺼낼 수 있겠죠.

머릿속에서 낙타를 꺼내 보아요.
머릿속에서 사자를 꺼내 보아요.

어느 사이엔지
분필이 새것으로 바뀌었어요.
그러나 머릿속에 집어넣은 '툭-탁-'이
언제, 어디에 포근한 잠을 깔아놓을지 모르잖아요.

오래 참지 못하고, 우산이 활짝 펼쳐졌어요.
그 우산 밑으로 들어가
"냠~ 냠~",
내 옆 친구는 "요미~ 요미~"

낙타가 되어 사막을 건너가고 있어요.
엄마를 태운 것은 나예요.
모래 언덕의 뜨거운 하늘 밑에서
오아시스를 찾아서, 그늘을 찾아서
사막을 건너가요,

그러나 위에서 나는 방귀 소리는 참을 수 없어요.
그러나 위에서 새는 방귀 냄새는 더 참을 수 없어요.
엄마는 어디로 갔을까요?
그늘 밑에는 사자 한 마리,
엄마가 안 보여도 혼자서 길을 찾을 거예요.

그때 어디선가 뿌요오옹~
소리가 들렸어요.
니체 선생님의 둥그런 배가 보여요.
'툭-탁-'의 하늘이 활짝 걷혔어요.

그렇게 남은 40분이 끝났어요.

2

　니체 선생님은 어렸을 적에 친구들보다 키가 10센티미터 정도는, 정수 0쪽에 가까이 있었다. 그것은 우리가 보아도 틀림없는 사실이다.

　담임 선생님은, 어린 니체의 마음을 위로하기 위해 때가 되면 알맞게 자랄 거라고 했다. 그러나, 천천히 자라다가 갑자기 멈추고 말았다. '알맞게'라는 말은 담임 선생님이 서둘러 둘러댄 말이 아니었을까? 어쨌든 책임질 수 있는 일도 아니니까…….

정수의 줄자 : …-2, -1, 0(정수), 1, 2,…… 어린 니체 -- 친구들

← 10Cm

말 맞추기 놀이 : 루시와 벨라

말 맞추기 놀이 : 식당에서 벌어진 일

말 맞추기 놀이 : 꿈의 좌절

말 맞추기 놀이 : 루시와 벨라

루시의 엄마, 루루는 영화 속의 배우처럼
천재적인 영감을 가진,
딸의 미래를 곰곰이 생각했어요.

루시의 키는 174센티미터,
금발은 친환경 염색약으로 정했어요.
파티에서 피아노를 연주하는 맵시 있는 모습,
루루는 꿈에도 이루어보지 못한
과거를 지우고, 루시의 미래를 즐겨요.

벨라의 엄마, 벨루는 영화 속의 배우처럼
천상에서 부어준 영혼을 가진,
딸의 미래를 곰곰이 생각했어요.

벨라의 키는 루시보다 더 커야 해요.
금발은 필요 없어요,
어느 곳에서든 공주님으로 모실 거예요.
벨루는 꿈에도 이루어보지 못한
과거를 지우고, 벨라의 미래를 즐겨요.

엄마, 루루와 벨루는 같은 반 친구였어요,
딸들, 루시와 벨라는 같은 반 친구예요.

말 맞추기 놀이 : 식당에서 벌어진 일

식판을 들고 다가서는데
벨라가 갑자기 일어섰어요. 나도 모르게
내 식판이 턱 밑에서 멈추는 거예요.
0.5센티미터 길이의 피부밑이 붉어졌어요.
그 스친 곳에 핏방울이 조금 맺혔어요.
내 눈에서 구슬 같은
눈물방울이 뚝뚝 떨어져 내렸어요.

식판을 들고 일어서는데
무언가 다가오더니 살짝 스치는 게 있었어요.
루시가 다가온 거예요.
학급의 온갖 말썽, 어떤 엄마의 난폭한 방문,
이런 것들이 떠올라
내 눈에서 구슬 같은
눈물방울이 뚝뚝 떨어져 내렸어요.

우리 둘은 서로 얼싸안고 울었어요.
엄마들의 전쟁이 눈앞에 펼쳐져 있으니까요.

울고 있는 우리를 애들이 빙 둘러쌌어요.

말 맞추기 놀이 : 꿈의 좌절

엄마 벨루는
지극히 한순간에 근거도 없이
사라져 버릴 수도 없는, 벨라의
0.5센티미터의 턱 밑 상처로 인하여
식욕을 잃고 잠을 못 이루는데

배우가 되어야 할 딸이
누군가 자세히 보면 **안** 보이지는 않을
그 흉터를 숨기며 살아야 한다는
깊은 슬픔으로

"난 어젯밤 한숨도 못 잤어!"
이렇게 소리쳤어요.

엄마 루루는
자기보다 4센티미터나 더 작으나
어쩌다가 4배나 더 큰 집에서 사는 친구가
고작해야 0.5센티미터를 가지고
깊은 슬픔에 빠지는 것을 보고

배우가 되어야 할 딸이
눈이 나쁘면 보이지도 **않을** 어렴풋한 것을 향한
순박한 죄책감에 빠져 있다는
깊은 슬픔으로

"난 어젯밤 한숨도 못 잤어!"
이렇게 소리쳤어요.

그러든 말든, 벨라와 루시는
통통하게 살이 오른 떡볶이 가게에서
오늘도, 함께 놀다가 가는걸요.

어쨌든, 때가 되면 알맞게 자랄 테니까요.

3

   니체 선생님은 초등학생 때, 고무지우개에 친구들의 이름을 거꾸로 파서 인기를 끌었다. 그걸 판화처럼 찍으면 이름이 딱 나오는 도장이다. 자기 이름에 매혹된 애들이 많았다.

   도장으로 찍어놓은 이름에는 친구들의 얼굴과 성격과 미래의 꿈이 반짝반짝 빛났다.

화요일의 니체 선생님

목요일의 니체 선생님

흔들리는 나

화요일의 니체 선생님

시의 주제는
세상에서 가장, 쎈, 것이다.

　- 관점 : 자기 마음에 따라 무언가를 할 수 있는 힘
　- 대상 : 사람, 동물, 기타 생각나는 대로

우리 어린이들은 가장, 이라는 말과
쎈, 것에 관심이 많다.

이번엔 준비 학습이다.
우리의 선택에 따라
가족 중에서 쎈, 사람부터 찾기로 했다.

둘은 엄마가 쎈, 사람이고
둘은 아빠가 쎈, 사람이다.
우리 집에서 제일 쎈, 사람은 나인 것 같다.

근데,
엄마 편을 든 둘이서 말다툼이 벌어졌다.
엄마 자랑으로 목소리가 커졌다.
　"우리 엄마가 제일 쎄다.
　왜냐하면……,"
여기까지는 같은데
다음에 따라오는 내용에서 승부가 난다.

니체 선생님은 빙그레 웃으면서
　"엄마에게 보여드리고
　정말 그런지 확인받아 오세요."
하고 점잖게 말했어요. 맞는 말이잖아요.

목요일의 니체 선생님

방과 후 시간에,
4학년 애들 중에서 몇은 졸거나 다투기도 하고
나머지는 만화책을 보면서
니체 선생님과 즐거운 시간을 보내고 있었지요.

그러던 중, 똑똑 소리와 동시에 드르륵 문이 열렸어요.

졸던 애들은 깨고 다투던 애들은 깜짝 놀라고
내 만화책은 책상 속으로 들어갔지요.

니체 선생님이 복도로 불려 나갔어요.
가장 쎈, 엄마 두 사람과 교장 선생님
이렇게 세 사람의 여자 앞에서
마흔이 넘은 니체 선생님이 나눈 말은 대충 이래요.

애들 **잠**재우기 일쑤이고, 가장 **쎈** 것으로 싸움을 붙이고, 좀 알려진 분이었다고는 해도 애들을 **어떻게** 다루는지는 모르겠고, 숙제라고는 **이상한 질문**만 가득하고, ……고, ……고, 그러면 우리가 어떻게 믿고, ……고, ……

　우리는 유리창에 붙어서,

이(가장 쎈, 엄마 둘) **대**(교장 선생님) 일(니체 선생님)

로 나누는 이야기를 들었지요.

뒤에서 보니,
니체 선생님은 아무 말도 못 해요.
가운데 쪽 머리칼이 **동그랗게 빠져** 있어요.

흔들리는 나

니체 선생님은
'흔들리는 나무가 나중에 큰 나무가 된다.'
고 했다.

나는 벌써 5학년인데,

뽑기 상자 앞에서 흔들린다.
친구와 게임을 할까 말까 흔들린다.
시험지 점수를 받고 흔들린다.

오전에 수학 시험을 보았는데,
어떻게 알았는지 엄마가 묻는다.
"선생님이 채점을 아직 안 했어요."

"쌍둥이 애, 키우느라 시간이 없는 거야."
엄마의 불만이 세 배로 커진다.

나의 거짓말,
욕심, 질투 이런 것들이 날 흔든다.

내 마음속에서 시작되기도 하고
몸의 바깥쪽에서 찾아오기도 한다.

이러다가 쓰러지지는 않을까,
심하게 걱정이 되어,
내 몸의 이곳저곳을 살펴보기도 한다.

니체 선생님은
"넌 나중에 큰 사람이 될 거야."
무턱대고 좋게 말씀하신다.
그래도 고마운 마음이 든다.

우리 어린이 탐정 수사대가 밝혀낸 바에 따르면, 니체 선생님의 본명은 이철수였는데, 어릴 적부터 자기 이름에 불평이 많았다고 한다. 그 이유는 '철수'라는 이름이 흔했기 때문이다. 반에서 "철수가 누구니?" 하면 다른 두 명이 손을 들고 자기가 '철수'라고 했다. 이때, 이철수 어린이는 자기 몸이 스르르 무너지는 느낌을 받았다고 한다.

이철수 어린이는 어른이 되자 새 이름을 등록했는데, 성은 '리'이고, 이름은 '철수'에서 'ㅊ'이 들어간 '체'로 하였다. '철수'를 바꿀 때 '체'보다 가까운 다른 이름이 없었기 때문이다.

니체 선생님은 36살이 되자, 뜻하는 바를 어린이들에게 전수하기 위해 '방과 후 선생님'이라는 직업을 갖게 되었다.

〈이철수 → 니체〉
리(李) + 체(철수) → 리체 → 니체

유에프오(UFO)의 원형 정류장

유에프오(UFO)의 원형 정류장

커다란 고무도장이 둥그렇게
지구인의 머리 위에 찍혀 있다.

유에프오(UFO)가 불시착한 것일까요?

줌 렌즈로 당겨 보면, 원형 경기장만큼 크고
그냥 맨눈으로 보면, 컵 받침보다 조금 작다.

4학년 때는
지름이 2.5센티미터 정도였는데
졸업할 때 보니
10센티미터 넘게 커진 것 같다.

우리가 떠나면
니체 선생님은 쓸쓸할 거예요.

그러나, 그렇지만
나무가 없는 황무지 정류장에는
앞으로도
유에프오(UFO)를 타고 온 방문자가 많을 거예요.
틀림없어요. 우리가 놀러 올 테니까요.

4부

책에 안 나오는 것들

빨래집게

편대 비행*을 따라가던
잠자리가 옆에 와서 앉았어요.
- 넌 뭐가 그리 궁금하니?

- 누가 놀러 와 줄까?
  집중하는 중이야.
빨래집게는
물음표 모양의 입을 떼지 않고 말했어요.

그 꼭지 끝으로
잠자리가 옮겨 앉았어요.

잠자린,
고추처럼 빨갛게 익어갔어요.
날개 빛이 더욱 투명해졌어요.

* 편대 비행 : 같은 임무를 띠고 비행하는 두 대 이상의 비행기.

주인공

코카콜라를 말하려다가
코가 골라, 라고 실수했다.

엄마가 카트를 밀다 말고 나를 빤히 쳐다보았다.

코도 주인공을 시켜줘야 할 때가 된 것이다.

내 몸의 반장은 나이니까,
오늘은 코에게 선심 쓰기로 했다.

코야, 용기를 내, 비싼 걸로 골라!

책에 안 나오는 것들

선생님은,
책에 나오는 건 다 알아도,

어떻게, 돈 벌고 살아요? 하면
그건, 너네 아빠 전공이잖아!

아이돌 스타 되고 싶어요! 하면
좀 더 자란 뒤에, K를 소개시켜 주마.

누군지는 몰라도, 분명 K는 있다!

궁금한 것은 책 밖에 다 모여 있다.
무지 많아서,
방안이 어수선하다.

근데,
시험문젠 책에서만 나온다니, 휴~.

같이 놀자

너만 있으면 돼!

우리 집 망치도 좋아할 거야,
이웃집 고양이 달랑이가 지나가기만 해도
꼬리를 치며 반가워하거든,

네가 오면 더 좋아할 거야.

눈에는 안 보이지만
느낌으로는
몸속의 꼬리가 벌써 흔들리는 것 같다고.

다른 친구들이랑 놀다 와도 좋아,
네가 심심해지면
나도 심심할 때가 된 거야.

그래 알았으면, 전화 끊을게!

네 눈을 감아 봐

눈을 감아 봐,
그래도 보이는 게, 뭐니?
내 얼굴이 보이니, 안 보이니?

안 보인다고 해도, 참을게!

어쨌든 우리에게 시간은 충분해!
내가 전학을 가더라도,
앞으로 한 달이 남았으니까.

자, 그럼, 눈을 떠 봐!

자세히 내 얼굴을 기억해 둬,
눈을 감아도
내 얼굴이 떠오를 수 있게 말이야.

그래야,
날 못 보더라도 얼굴이 생각나겠지.

난 벌써
꿈에서 몇 번이나 널 본 적이 있어.
그러니까,
그 꿈은 내가 전학을 간 뒤였어!

창유리에 비친 아이

서로의 얼굴을 바라보고 있었다.
십 초 아니면 십오 초 동안,

사람으로 가득 채워진 전동차는 천천히 떠났다.

> 동그란 얼굴에
> 까만 눈동자가
> 날 바라볼 때

난 그 아이의 머릿속으로 빨려 들어간 것 같다.

예쁘고 까무잡잡한 여자아이가
학교에서 친구들과 놀이를 하고
집으로 돌아와 학습장을 꺼낼 때,

그 애의 생각에 떠오른 남자아이가
학교에서 친구들과 어울리고
집으로 돌아와 책가방 속에 있는 것을 꺼낸다.

우리에게 상당한 시간이 흐르고
만약에, 같은 대학이나 직장에 들어간다면
우리는 서로 알아볼 수 있을까?

정말로 만약에,
우리가 훌쩍 커서 어른이 된 다음에…….

배꼽을 보았다

수영장에 가서
친구들의 배꼽을 보았다.

가로, 세로, 단추, 참외, 동굴, 수염, 아몬드형 중에서
내 것은 동굴형으로 밖으로 살을 밀어내야 조금 보인다.

태아였을 적엔
튜브 같은 줄기에 매달려
엄마가 나누어준 영양분을 받았는데
엄마 밖으로 나오면서
그 튜브 줄기가 잘렸다.
잘린 뒤에 남은 자국이
노끈으로 묶은 호스 같기도 하고
꽉 틀어막은 수도꼭지 같기도 하고
실로 꿰맨 단추 같기도 하고
농장의 참외 배꼽 같기도 한데
유전자를 나누어준
엄마도, 아빠도 나와는 모양이 다르다.

이 배꼽이 만들어진 뒤로
나는 정말, 나만의 혼자가 되었다.
영양분을 만들어 몸에 공급해야 하니,
음식을 때맞춰 먹도록 알려주는
배꼽시계도 한 개 가졌다.

나는 배꼽이
튀어나올 정도로 먹는가 하면
입맛을 잃고 홀쭉한 자루가 되기도 한다.
원래는 단추형이었는데
점차 동굴 깊숙이 들어가는 중이다.

나를 표시하는 도장처럼 생긴
이 배꼽은
내가 어떻게 크는지를 다 보여주는 것 같다.

도마뱀이 나타났다고?

도마뱀이 나타났다는 소문을 들었어.

초록색 도마뱀이
정류장에서 날 기다릴지도 몰라,

악수는,
발로 하나 손으로 하나?
내가 손을 내밀면
도마뱀은 꼬리를 내밀지도 몰라,

겨울인데
장갑을 벗으려면
시간이 좀 걸릴 거야,

나에게도 꼬리가 있다면 좋겠어,
안테나처럼
마법지팡이처럼
꼬리로 악수하면 좋겠어.

초록색 도마뱀이 아니면 만나지 않을 거야,

아마, 주머니에 발을 집어넣고 있을 거야,

나처럼 심심한 아이를
정류장에서 기다리고 있을 거야.

빨간 신호등

무당벌레와 사마귀가
풀잎 외길을 가다 마주쳤다.

'빨간 신호등같이 생긴
내 등을 보고는 깜짝 놀라 멈추겠지.'
무당벌레는 길을 가로막고
둥글게 생긴 등을 내밀어 본다.

"어떤 녀석이냐?
감히 길을 막다니."
휘릭휘릭 휘리릭 사마귀가 소리치며
콩 반쪽 같은 무당벌레의 등을
두드려 본다.
"어? 빨간 바탕에 점이 모두 일곱 개로구나.
가지고 놀면 재밌겠는데……."

무당벌레는 깜짝 놀라
목을 잔뜩 움츠리고

풀잎 모퉁이를 돌아 달아난다.
그리고, 한참 뒤
멈춰 서서 생각한다.

'아마, 글자도 떼지 못한 애일 거야,
빨간 신호등을 보고도 달려드는 걸 보면.'

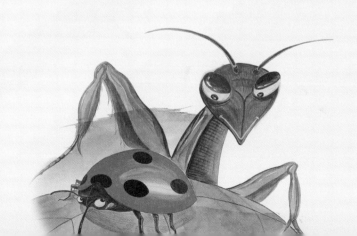

줄무늬비단뱀

꿈을 꾸었을지도 몰라
기린은,
서서 꾸벅꾸벅 졸다가
나무줄기를 타고 오르는
줄무늬비단뱀을 보고.

공상에 잠겼을지도 몰라
얼룩말은,
풀을 뜯다가 말고
줄무늬를 예쁘고 가늘게 그린
줄무늬비단뱀을 보고.

나뭇가지 혹은 구멍 속에서
기다리고 있다가
사자, 치타, 하이에나를
슈~ 슉~ 슉~ 물어버리는 꿈을,
공상을.

살려달라고 비명을 지르겠지,

사자, 치타, 하이에나가 전속력으로 도망치겠지.

기린은
나무줄기에 매달려 있는
줄무늬비단뱀을 보아두었어.

얼룩말은
구멍 속에서 자고 있는
줄무늬비단뱀을 보아두었어.

글자들의 일학년

글자들의 입학식

- 자음(닿소리)

ㄱ, ㄴ은 단짝이에요, 그네를 타고 놀아요.
ㄷ, ㄹ이 안 보여요, 달려가서 찾아보니
학교로 가는 다리에서 마법사와 놀고 있어요.

ㅁ, ㅂ은 운동장에서 맨발로 걷다가
ㅅ, ㅇ이 준 시원한 물병을 받으며, 응!
마부는 승객이 통 없어요, 전차 칸에 탔어요.

ㅈ, ㅊ은 주차장에 내려서 집을 찾는데,
ㅋ, ㅌ이 먼저 와서 큰 탑 옆에 서 있는걸요.
"큰 탑을 지나쳐 가면, 찾기에 편하대요."

ㅍ, ㅎ은 파릇한 풀꽃 학교에 막 도착했어요.
파도를 느껴보세요, 구름 사이 ㅍ이 있어요.
해님의 얼굴을 가려봐요, 모자를 쓴 ㅎ이에요.

글자들의 일기장
- 모음(홀소리)

ㅏ

아빠가 감나무에 올라
하나 남은 감을 따고는, 아이야!
하고 불러요.

ㅑ

야구 선수가
야자나무 아래서 놀고 있는 양을 보고는
"야아~, 엄마 **어**디 갔니?"
그 대답은 이래요. "매에~"
무**어**라 말하는지 모르겠어요.

ㅓ

엄마의 **어**머니는 할머니인데
우리의 얼굴과 마음이 서로 닮았나 봐요!
여기서는 다 그렇게 말해요.

118

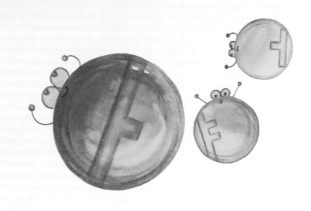

ㅕ
여우가 여름에 여기서 놀다간 뒤에
여기저기 여드름이 나고 또 혀가 아프대요.
오후엔 도넛을 먹고 싶대요.

ㅗ
오이를 따고 있던 고모가 오소리를 보고는
공부 안 하면 호랑이가 물어간다고,
요렇게(손가락을 펼치며)!, 소리치는 바람에 도망갔어요.

ㅛ
요리사가 용을 두 마리나 잡아서
요걸 요렇게 요리하면, **우**리가 다 먹을 수 있대요.

ㅜ
우유를 붓고,
꾸룩꾸룩 저어 주세요, 기다리는 동안에
구구단을 외우세요, 우**유**를 더 넣어요.

ㅠ
유리 가게 앞에서 유명한 배우가
유리거울에 얼굴을 비추고 서 있으니,
으스름 달빛이 자기 그림자를 데리고 왔어요.

ㅡ
으스스한 달빛 아래 길이 어두워졌어요.
등불을 켜고 음악을 듣다가
그래, 그리고, 그럼, 그렇지,
이러한 말에 기분이 좋아지니, 이상하기도 해!

ㅣ
이모가 시골집에서 이름있는 씨를 뿌리니,
씨앗들이 재미나는 이야기의 싹을 틔워요.
아기의 그림일기에는 엄마 얼굴만 있어요.

이상하고 신기한 니체 선생님의 시 수업

김제곤(어린이문학평론가)

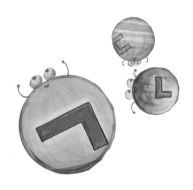

해설

이상하고 신기한 니체 선생님의 시 수업

김제곤(어린이문학평론가)

채 건네지 못한 사랑의 말들

염창권 동시는 한 마디로 독특하다. 시집의 구성에 있어
서나 개별 시편들에서 느껴지는 감흥이나 이전 동시집들에
서는 좀체 느껴보지 못한 세계를 담고 있다. 그러나 그 외
형과 시적 특징이 어떠하든 그 바탕을 이루는 것은 어디까
지나 어린이에 대한 사랑의 마음이다.

시인은 이 시집 머리말에서 작품 속 등장하는 '니체 선
생님'의 말을 빌려 이런 말을 하고 있다.

어린이에게 허락된 성장의 동력은 '놀이'입니다. 놀이는 그냥 흘려보내는 시간이 아니라, '세계 속의 나'로 성장해 가는 시간이자 과정입니다. 친구와 어울려 놀면서 작은 사회를 이루고 그곳에서 자기의 중심을 잡는 연습을 합니다.

어린이의 성장 동력이 '놀이'에 있다는 것, 그리고 우리 교육이 안고 있는 문제가 대부분 그 동력을 도외시하거나 억압하는 데서 비롯되고 있다는 것을 우리가 전혀 모르는 바는 아니다. 하지만 새삼스럽다면 새삼스럽다 할 수 있는 이 말이 어떤 무게감으로 다가오는 것은 왜일까?

시인은 평생을 '어린이'와 '교육'이라는 두 낱말과 떼려야 뗄 수 없는 삶을 살아왔다. 젊은 시절, 그는 외딴 시골 초등학교에서 교사로 일했다. 머리말에 짧게 소개하고 있는 교사 시절의 에피소드만으로도 우리는 그가 매우 열정적인 교육활동을 했던 교사임을 충분히 짐작할 수 있다. 그는 그런 교육 현장을 떠나 오랫동안 예비 교사를 길러내는 대학에서 학생들을 가르쳤다. 대학이라 하지만 그곳 또한 현실과 멀리 떨어진 상아탑만은 아니었다. 그곳은 어린이 교육에 가장 적실한 방법론이 무엇인가를 탐구하는 또 하나의 살아있는 현장이었다고 할 수 있다. 말하자면 그가 평생 동안 몸담았던 곳은 줄곧 '어린이'와 '교육'이라는 두 개의 화두와 마주하는 최전선이었던 셈이다.

이제 그는 교수로서 퇴직을 앞두고 있다. 누구나 평생을 바쳐온 일에 회한을 느끼지 않는 이는 없을 것이지만, 그 또한 자신이 지나온 길을 회고하며 작금에 벌어지고 있는 우리 교육의 위기를 무척이나 안타까워한다. '어린이는 놀이 속에서 성장한다'는 위의 인용문이 절실함으로 다가오는 것은 바로 그 말이 자신이 몸담고 있던 교육 현장에서 체득한 경험론에 기인한 것이라 생각되기 때문이다.

그런 생각을 하다 보면 이 시집은 평생토록 교육자로서의 삶을 살아온 시인이 어린이들에게 미처 다 건네지 못한 '사랑의 말'들을 모아놓은 시집이라는 생각을 하게 된다. 그 속에 어떤 가르침이 들어 있다 해도 그것은 학생에게 전하는 잔소리와는 애초 성격을 달리한다. 그의 시는 어디까지나 어린이에게 위로와 공감을 건네려는 시이기 때문이다. 그래서인가. 그의 시는 때론 어른의 반성문처럼 보이기도 하며, 어린이가 겪는 고단한 현실에 대한 날카로운 풍자를 담은 우화시로 여겨지기도 한다.

또 하나, 시적 형식을 다양하게 구사하고 있는 것도 이 시집이 가진 특징이다. 종래의 동시 형식에 구애되지 않고 연작 형태의 이야기시 형식을 과감히 도입하는가 하면, 가락의 맛을 음미하며 읽는 동시조 형식을 구사하기도 하고, 한글 자모를 활용한 말놀이 동시를 선보이기도 한다. 그러나 무엇보다 강조할 점은 시인이 이 시집을 통해 독자로 하여금 자신을 사랑하는 법과 나 아닌 다른 누군가를 이해하고 사랑하는 법에 대해 생각해 보도록 한다는 점이다. 한마디로 이 시집은 어린이와 함께 마음을 나누고 싶어 하는 시인의 간절한 소망이 담겨 있는 시집이라 할 수 있다.

다르면서 또 같은

시집의 첫 대목부터 우리는 신기한 시들을 만난다. 이름하여 '이야기 동시'라는 것이다. 부의 제목조차 '망치를 이해하는 방식'이라는 알쏭달쏭하고 철학적인 제목을 달고 있다. 여기서 망치는 못을 두들기는 연장을 가리키는 말이 아니라 반려견의 이름을 뜻한다. 망치는 "입 둘레에서 코까지가 잘록한 원통형"(「망치라는 애」)이어서 붙여진 이름이다.

오다가다 만난 사이랄까,

우리가 한집에서 살게 된
꽤 슬픈 사연은 비밀이다,
사생활이니까 지켜줘야 한다.

　　　　　　　－「망치라는 애」 부분

　이 짧은 시구를 통해 우리는 망치라는 존재가 겪어야
했던 이력을 얼마간 짐작하게 되지만, 지금 중요한 것은
"오다가다 만난 사이"인 망치가 바로 나와 "한집에서 살
게 된" 존재라는 것이다. 1부에 수록된 10편의 시들은 시
적 화자인 '나'가 이 '망치라는 애'와 한집에 살게 되면서
느끼게 되는 일들을 제재로 하여 우리에게 이른바 나 아닌
다른 누군가를 이해하는 방식에 대해 숙고하도록 하고 있
다.

　밥은 천천히 꼭꼭 씹어 먹어야 한다.

　그런데
　이 애는, 전혀 안 통한다.

(…)

핥아먹는데 길어야 1분이다.

하루 합쳐도 3분을 못 넘긴다.

— 「망치를 이해하는 방식」 부분

망치는 말하자면 나와 다른 '타자'이다. 망치를 이해하는 방식이란 결국 타자를 이해하는 방식이라 바꾸어 말해도 좋을 것인데, 그 이해 방식의 첫 번째 조건은 나와 타자의 다른 점을 인식하고 그것을 있는 그대로 인정하는 태도이다. "밥은 천천히 꼭꼭 씹어 먹어야 한다"는 원칙을 고수하려던 나는 그 원칙이 전혀 안 통하는 망치의 행동을 보며, 그러한 행동이 "야생에서는/사냥감을 빼앗길 수도 있"었던 생존 조건에서 비롯된 것일지도 모른다는 생각을 하게 된다. 나와 '다른 점'을 찾음으로써 이렇게 나는 타자를 이해하는 방향으로 한 발짝 다가간다. 그런데 거기가 다가 아니다. 나는 타자와 다시 '똑같다'는 차원으로 다음과 같이 나아간다.

띵동!

일주일에 한 번뿐인 배달 시간.

치킨을 보는 순간
나에게도 곁눈이 생긴다.
누가 몇 개 먹는지 다 세어진다.

이럴 땐,
저기, 드러누워 날 관찰하는
망치를 조금은 이해할 것 같다.
　　　　　　　 ─ 「망치를 이해하는 방식」 부분

　자신이 좋아하는 어떤 먹을거리를 남에게 빼앗길 수도
있는 조건에서라면 나 또한 망치 같은 행동을 할 수밖에
없을 것임을 나는 생각한다. "치킨을 보는 순간/나에게도
곁눈이 생기"는 것이다. 결국 망치와 나는 서로 다른 존재
이면서 곧 같은 존재다. '다름'에 대한 인식을 통해 타자에
게 다가가고, 다시 '같음'이라는 인식을 통해 타자에게 조
금씩 스며드는 것, 이것이 「망치를 이해하는 방식」이 우리
에게 보여주고자 하는 세계라 할 수 있다.

우리 어린이는 어떤

냄새, 소리, 음식, 어른, 주파수를 싫어할까?

왜, 답이 없지?

교육부 장관부터…, 엄마 아빠까지…

아무도 답을 못 찾는 건,

싫은 걸, 싫다고 말하지 않는 것이 정답이라는

매우 어려운 수학식을

어른들이 만들어 놓았기 때문이야.

                  ―「망치가 싫어하는 것을, 우리는」 부분

한편, 나는 타자를 이해하려는 존재이기도 하지만 누군가에게 이해를 받고 싶어 하는 존재이기도 하다. 그러나 위 작품에서 나(어린이)는 어른들이 만들어 놓은 "매우 어려운 수학식"에 갇혀 소통 부재에서 오는 외로움을 느낀다. 내가 망치를 대했던 것처럼 어른들은 왜 나를 자신과 '다르면서 같은' 존재로 인식하지 못하는 것일까. 내가 망치를 보며 다짐하는 말들―'지켜줘야 한다' '똑같다' '이해할 것 같다' '동의가 있어야 한다' '참아줘야 한다'―을 왜 어른들은 모른 척 외면하는 것일까.

결국 1부의 시들은 내가 나와 다른 타자를 이해하는 방식을 노래한 것이면서 어린이가 어른들에 보내는 간절한 호소의 시로도 읽힌다. 굳이 말하자면 시 속에 등장하는 나는 이야기를 이끌어가는 화자이자 그 이야기를 통해 자기 안의 뭔가를 전달하고 싶어 하는 존재인 것이다. 망치를 이해하는 방식이란 결국 말을 바꾸면 '어린이를 이해하는 방식'과도 통하는 말이라 할 수 있다. 나와 반려견 망치의 관계를 통해 타자를 이해하는 방식을 생각해보도록 하는 이 시들은 다른 한편으로 어린이 속에 잠재된 내면의 소리를 들려주는 통로로 기능한다. 그것은 어른들로 하여금 어린이를 보는 그들의 시각을 돌아보도록 유도한다. 받아들이는 처지가 누구인가에 따라 이 시들은 공감의 시도 되고 신랄한 반성의 시도 되는 것이다.

동시조 가락이 지닌 매력

2부 '봄의 발자국'에는 '동시조'의 형식을 띤 작품들이 모여 있다. 시조는 일정한 글자 수와 초장, 중장, 종장이라는 틀에 맞추어 쓰는 우리나라 고유의 시 형식이다. 이

형식을 어린이 독자의 눈높이에 맞게 쓴 것이 동시조다.

염창권 시인은 동시조 형식에 기반하면서도 각각의 작품이 지닌 연과 행에 조금씩 다른 변화를 주어 자칫 빠질 수 있는 단조로움을 극복한다.

벌 나비 친구가 보고 싶다,
봄이니까!

푸른 목을 길게 빼고 내다본다,
봄이니까!

문제를 풀다가 꽃을 바라본다,
봄이니까!

　　　　　　　　　　　　　　　－「베란다의 꽃」 전문

입 벌리고 서 있다, 처음부터 끝까지.
바람이 접어버린 한쪽 팔도 펴지 못한다.
나에게 허수아비처럼
있으라면 참 싫다.
〈

나는 나다. 생각이 있다. 해야 할 일 내가 정한다.

내가 하고 싶으면 어려운 일 꼭 해낸다.

좋은 일 해서는 안 될 일, 내 스스로 판단한다.

— 「허수아비」 전문

문 밖에서 허깨비춤을 추던 바람이

봉지에서 쏟아낸 봄의 발자국,

아지랑이!

나무는 그걸 주워서 잎 틔우는 중이다.

— 「봄의 발자국」 전문

위에 예로 든 세 편은 모두 초장, 중장, 종장이라는 기본 틀을 가지고 있다. 하지만, 연의 구성과 행의 가름을 각기 달리해서 색다른 맛을 느끼게 해준다. 「베란다의 꽃」에서는 각 장의 마지막 구절 "봄이니까!"를 행을 달리해 연달아 배치함으로써, 반복에서 오는 리듬감을 살리고 시의 주제를 강조하는 효과를 거두고 있다. 「허수아비」는 2

개의 연으로 구성된 작품이다. 1연의 종장을 2행으로 처리함으로써 '난 허수아비가 되는 게 싫다'는 시적 주제를 강조하고, 다시 2연의 종장을 1행으로 처리함으로써 시를 안정적으로 마무리하고 있다. 「봄의 발자국」에서는 각 장을 각기 독립된 한 연으로 떼어 놓음으로 해서 바람과 아지랑이와 나무라는 세 가지 주체가 서로의 역할을 주고받으며 새봄을 불러오는 과정을 천천히 음미하도록 하고 있다. 이렇듯 동시조의 기본 형식을 염두에 두면서 자유자재로 변하는 시행이 주는 운율감을 느끼다 보면 동시조 가락이 주는 매력에 저절로 빠져들게 된다.

정전된 날 깜깜해서 양초를 찾고 있는데

구석에서 손 하나가 불쑥 솟아올랐다.

아이쿠, 간 떨어지겠네

엄마 손을 찾았네.

－「엄마 손」전문

함박눈이 내리는 날 친구가 찾아왔다.

나무에 앉은 흰 눈처럼 내 마음이 밝아져서

가만히 내리는 눈송이를 손바닥에 받아 본다.
　　　　　　　　　　　　　－「친구가 온 날」 전문

동시조에는 소재나 주제 면에서 구태의연하다는 통념이 덧씌워지기도 하는데, 염창권의 작품을 보면 지금 여기의 어린이도 충분히 공감할 수 있는 세계와 웃음의 요소가 은근히 스며들어 있어 더욱 값지다는 생각을 하게 된다.

방과 후 글쓰기 강사 니체 선생님

3부 '니체 선생님, 원형 탈모가 생기다'는 1부에서 선보인 '이야기 동시'의 두 번째 버전이다. 1부에서와 마찬가지로 여기에 수록된 작품들 역시 일종의 상호텍스트성을 갖는다. 1부의 시적 주인공이 망치였다면 3부의 주인공은 '니체 선생님'인바, 철학자 니체를 연상케 하는 그의 직업은 방과 후 글쓰기 강사다.

10편의 작품으로 짜여진 이 이야기 동시는 니체 선생님과의 만남으로 시작하여 니체 선생님의 수업 장면, 그리고 니체 선생님과 학부모, 학교 관리자와의 갈등, 니체 선생님을 의지하고 따르게 된 아이들 모습, 그리고 니체 선생님과의 작별 장면 등의 4개의 장면으로 구성되어 있다. 1부의 이야기 동시가 조금은 느슨한 구조라면 이 3부의 이야기 동시의 구조는 좀 더 긴밀하다.

어느 날 다섯 명 아이들이 모인 방과 후 글쓰기 교실에 "입술이 두껍고 머리숱이 듬성"한 "마흔이 넘은 남자 선생님" 하나가 들어온다. 아이들은 선생님을 보고 실망한다. 자기소개에 따르면 선생님은 어려서부터 작가의 꿈을 키웠고, 글쓰기 대회에서 여러 차례 상을 받으면서 책도 몇 권 냈다고 한다. 예전 글쓰기 선생님들도 모두 비슷한 경력의 소유자들이었기에 아이들은 별 감흥이 없다. 그런데 막상 수업 시간이 시작되자 아이들은 그의 글쓰기 수업에서 뭔가 이전과 다른 경험을 한다.

불룩한 배를 닮은 목소리를 따라
천천히 천천히 비탈길을 굴러

졸음의 미끄럼틀을 타고 가다 보면,

가끔은 덜컹거리기도 하지만

불쑥 솟구쳤다가 까마득한 벼랑 아래의

푹신한 이불속에 쏙 들어가 있다.

"냠~ 냠~",

내 옆 친구는 "요미~ 요미~"

— 「니체 선생님을 만나다」 부분

니체 선생님이 진행하는 40분 글쓰기 수업은 마치 꿈속 세계를 굽이굽이 돌아서 터널 속을 빠져나오는 듯한 감흥을 느끼게 한다. "냠~ 냠~"과 "요미~ 요미~" 같은 말을 보면 얼핏 니체 선생님의 글쓰기 수업이 너무 지루해서 저도 모르게 졸음이 왔다는 의미로 이해되지만, 이어지는 작품들(「반으로 도막 난 분필」, 「머릿속에 낙타와 사자가 산다고?」)을 읽어보면 그러한 해석이 일면적인 것일 수도 있다는 생각을 하게 된다. 선생님의 글쓰기 수업은 다름 아닌 현실—환상—현실의 구조로 이어지는바, 환상 속의 장면은 모호하면서도 신기한 느낌을 던져준다. 이는 선생님 수업이 마치 꿈을 꾸는 것처럼 달콤한 과정임을 은유한 것으로도 해석된다.

이야기의 두 번째 장면에 해당하는 '말 맞추기 놀이'라는 제목의 세 편의 연작시는 이른바 과도한 학부모의 교육열을 비판하고 풍자하는 내용으로 되어 있다. 같은 반 루시와 벨라의 어머니들은 자식을 통해 자신의 꿈을 성취하려는 욕망을 갖고 있다. 어느 날 급식실에서 벨라가 들고 가던 식판 모서리에 루시의 턱이 스쳐 0. 5센티미터 길이의 얕은 상처를 입게 된다. 두 아이는 상처 때문이 아니라 "엄마들의 전쟁"이 일어날까 무서워 "얼싸안고" 운다. 그 사고가 있은 후 두 아이의 엄마는 억누르기 어려운 분노와 슬픔으로 "한숨도 못" 자고 밤을 새우지만, 이튿날 두 아이는 "통통하게 살이 오른 떡볶이 가게"에서 "함께 놀다" 온다. 자녀에게 과한 기대를 걸고 자녀를 위하는 일이라면 어떤 일도 서슴지 않으려는 부모와 그런 부모의 기대에 아랑곳하지 않고 자기만의 성장을 거듭하고 있는 아이들의 대비가 통렬하다. 과장된 인물과 사건을 배경으로 하고 있으나, 이는 영락없이 지금 여기 우리 현실을 복기한 시로 읽힌다.

　이어지는 세 번째 이야기에는 니체 선생님의 '이상한 글쓰기 수업'으로 인해 급기야 학부모의 항의를 받게 되는 장면이 나온다. 평소처럼 아이들은 졸거나 다투기도 하고 만화책을 보면서 니체 선생님과 즐거운 시간을 보내고 있는데, "**똑똑** 소리와 동시에 **드르륵** 문이 열리"면서 니체 선생님이 복도로 불려 나간다. 이윽고 선생님은 "가장 쎈, 엄마 두 사람과 교장 선생님" 앞에서 지금까지 행해 온 수업방식에 대한 신랄한 지적을 듣게 된다.

애들 잠재우기 일쑤이고, 가장 **쎈** 것으로 싸움을 붙이고, 좀 알려진 분이었다고는 해도 애들을 **어떻게** 다루는지는 모르겠고, 숙제라고는 **이상한** 질문만 가득하고, ……고, ……고, 그러면 우리가 어떻게 믿고, ……고, ……
                                                            ─「목요일의 니체 선생님」 부분

이런 말들을 아이들은 "유리창에 붙어서" 다 보고 듣는다. 지금 여기 우리 교육 현실을 씁쓸하게 환기하는 또 하나의 잊히지 않는 장면이다.

이 작품 뒤에 이어지는 「흔들리는 나」는 어느덧 5학년이 된 '나'를 시적 주체로 하는 시다. 3학년 때 방과 후 글쓰기를 시작했으니 3년 동안 나는 니체 선생님께 글쓰기 수업을 듣고 있다. 사소한 일로 누군가에게 거짓말을 할 때나 욕심, 질투 같은 감정에 휘둘릴 때마다 나는 '흔들리는 나무가 나중에 큰 나무가 된다'던 니체 선생님의 말씀을 떠올린다. "넌 나중에 크게 될 거야."라고 니체 선생님은 버릇처럼 내게 말했었다. 그것이 무턱대고 하는 칭찬이라는 것을 모르지 않았으나, 나는 사실 그 말씀이 속으로 무척 고맙기도 했다. 시적 화자의 이 고백은 니체 선생님이 자신의 마음을 기댈 수 있었던 꽤나 중요한 인물이었음을 방증한다.

이어지는 3부의 마지막 시 「유에프오(UFO)의 원형 정류장」은 니체 선생님과의 작별을 모티프로 한 시다.

커다란 고무도장이 둥그렇게
지구인의 머리 위에 찍혀 있다.

유에프오(UFO)가 불시착한 것일까요?

줌 렌즈로 당겨 보면, 원형 경기장만큼 크고
그냥 맨눈으로 보면, 컵 받침보다 조금 작다.

4학년 때는
지름이 2.5센티미터 정도였는데

졸업할 때 보니

10센티미터 넘게 커진 것 같다.

우리가 떠나면

니체 선생님은 쓸쓸할 거예요.

그러나, 그렇지만

나무가 없는 황무지 정류장에는

앞으로도

유에프오(UFO)를 타고 온 방문자가 많을 거예요.

틀림없어요. 우리가 놀러 올 테니까요.

　　　　　　　─「유에프오(UFO)의 원형 정류장」 전문

　선생님의 '원형 탈모'를 유에프오가 불시착한 자리라 명
명하는 그 말속에는 선생님을 향한 진정한 사랑의 목소리
가 배어 있음을 느끼게 된다. 니체 선생님의 모습은 로빈
윌리엄스가 열연한 영화 「죽은 시인의 사회」 속의 키팅 선
생님을 연상시킨다. 엄격하고 보수적인 학교에서 키팅 선생
님은 학생들에게 스스로 생각하고, 자기가 맞닥뜨린 상황
에 도전할 수 있는 영감을 주기 위해 노력했다. 키팅 선생

님의 교육 방식은 결국 파국으로 귀결되지만, 니체 선생님에게 글쓰기를 배운 아이들은 이별 앞에서 다시 새로운 미래를 기약한다. 뭉클하면서도 희망적인 결말이다.

배꼽에서 도마뱀으로

4부 '책에 안 나오는 것들'에는 모두 10편의 동시가 실려 있다. 이 가운데 자연물을 소재로 한 「빨래집게」 한 편을 제외하면, 나머지는 모두 어린이의 일상이나 내면을 사실적으로 혹은 환상적으로 그리고 있는 작품들이다. 이 가운데서 특히 눈길을 끄는 것은 「배꼽을 보았다」와 「도마뱀이 나타났다고?」라는 작품이다.

태아였을 적엔
튜브 같은 줄기에 매달려
엄마가 나누어준 영양분을 받았는데
엄마 밖으로 나오면서
그 튜브 줄기가 잘렸다.
잘린 뒤에 남은 자국이

노끈으로 묶은 호스 같기도 하고

꽉 틀어막은 수도꼭지 같기도 하고

실로 꿰맨 단추 같기도 하고

농장의 참외 배꼽 같기도 한데

유전자를 나누어준

엄마도, 아빠도 나와는 모양이 다르다.

이 배꼽이 만들어진 뒤로

나는 정말, 나만의 혼자가 되었다.

- 「배꼽을 보았다」 부분

나는 수영장에 가서 우연히 친구들의 배꼽을 보다가 내 배꼽에 대해 곰곰 성찰을 하게 된다. 배꼽은 양분을 공급해주던 탯줄이 잘리고 난 뒤 내 몸에 남은 자국이다. 그런데 그 모습은 내게 유전자를 준 엄마와도 아빠와도 다르다. "배꼽이 만들어진 뒤로" 나는 "나만의 혼자가 되었다". '나'라는 존재에 대한 인식을 신체 일부분인 '배꼽'을 통해 진술하는 것이 참신하고 묵직한 느낌으로 와닿는다. 염창권의 동시는 이처럼 작고 소소한 소재들에서 깊은 사고를 이끌어낸다.

배꼽을 통한 나에 대한 탐구가 나의 중심을 향한 것이라면, 「도마뱀이 나타났다고?」에 등장하는 나는 내 바깥의 미지의 존재를 탐구하려는 몸짓을 하고 있다.

도마뱀이 나타났다는 소문을 들었어.

초록색 도마뱀이
정류장에서 날 기다릴지도 몰라,

악수는,
발로 하나 손으로 하나?
내가 손을 내밀면
도마뱀은 꼬리를 내밀지도 몰라,

겨울인데
장갑을 벗으려면
시간이 좀 걸릴 거야,

나에게도 꼬리가 있다면 좋겠어,
안테나처럼

마법지팡이처럼

꼬리로 악수하면 좋겠어.

초록색 도마뱀이 아니면 만나지 않을 거야,

아마, 주머니에 발을 집어넣고 있을 거야,

나처럼 심심한 아이를

정류장에서 기다리고 있을 거야.

−「도마뱀이 나타났다고?」 전문

'니오타니(neoteny)'라는 말이 있다. 유형성숙을 뜻하는 생물학 용어로, 어린아이의 성질을 성인이 되어서도 계속 간직하는 존재를 말한다고 한다. 염창권의 위 동시를 보면서 자연스레 이 말이 떠올랐다. 그의 동시는 어린이 목소리를 흉내 내는 어른의 가성이 아니라 어린이를 간직한 니오타니의 목소리로 들린다. 소문으로만 들은 초록색의 도마뱀을 찾아 여정을 떠나는 시적 화자의 모습 속에는 천진하고 호기심이 많은 어린이의 얼굴을 한 시인의 모습이 들어 있다.

4부에 이어 자음과 모음을 활용한 말놀이 동시 두 편이 실려 있다. ㄱ에서 ㅎ까지의 자음과 ㅏ에서 ㅣ까지 이르는 모음을 활용하여 재미있는 이야기를 엮었다. 한글 자모를 활용한 말놀이 동시들은 이미 여러 시인들에 의해 시도된 적이 있다. 그럼에도 시인의 말놀이 동시는 딱히 상투적이거나 식상하게 여겨지지 않는다. 이야기를 자연스레 이끌어가는 힘과 리듬이 느껴지기 때문이다. 시인이 선보이는 두 편의 시는 막 한글을 익히기 시작한 어린이들에게 환영을 받으리라 생각한다.

동시인으로서 활약을 기대하며

염창권 시인은 시와 시조, 평론을 넘나들며 확고한 자기 세계를 구축한 시인이다. 그는 1990년 초부터 1990년대 중반에 걸쳐 시조, 동시, 시 순으로 등단을 했다. 말하자면 시 부문으로 연달아 3관왕을 한 셈인데, 그의 문학적 재능이 예사롭지 않았음을 우리는 짐작할 수 있다. 등단 이후 그는 꾸준히 시작 활동을 전개해 지금까지 5권의 시조집과 4권의 시집을 내며 자신의 시 세계를 끊임없이 다지고 심화

시켜왔다. 최근 들어 시와 시조 평론까지 겸하고 있으므로 시와 관련한 그의 문학 활동은 가히 전방위로 펼쳐지고 있다고 볼 수 있다. 그런데 아쉬운 일이 한 가지 있었으니 그는 등단 후 30년이 훌쩍 넘는 동안 유독 동시 창작에 이렇다 할 활동을 펼치지 않았다.

하지만 그는 마침내 자신의 동시집을 이렇게 제출함으로써 우리가 지녔던 아쉬움을 일시에 걷어 들였다. 그가 세상에 동시를 처음으로 선보인 것이 정확히는 1991년 『소년중앙』이었으니, 그의 동시집이 우리 앞에 도착하기까지는 장장 33년이라는 긴 시간이 걸린 셈이다. 참으로 더딘 걸음이었다. 지금에 와서야 말이지만 처음 동시집 원고를 받을 때만 해도 나는 사실 그의 동시가 이미 유효기간이 다 지나 버린 낡은 작품이면 어쩌나 슬그머니 우려를 갖기도 했다. 그런데 앞에서 살펴본 것처럼 그것은 한낱 기우에 불과했다. 33년이란 시간이 무색하게 그의 생애 첫 번째 동시집은 참신함과 생동의 기운으로 충만하다.

염창권 시인은 2024년 8월 오랫동안 몸담았던 일터를 떠난다. 그의 앞에 더욱 왕성한 시혼이 깃들기를, 그리고 동시와 어린이에 대한 애정이 무한 샘솟기를 기원한다.